This book belongs to:

_____

_____

A
ath
Gear
choime

For Team McCallum:
Ben, Toby, Ella and Charlie.

Text copyright © 2010 Jill Newton
Illustrations copyright © 2010 Jill Newton
Dual language text copyright © 2010 Mantra Lingua
Audio copyright © 2010 Mantra Lingua
This edition 2012

Mantra Lingua
Global House
303 Ballards Lane
London, N12 8NP
www.mantralingua.com

Touch the arrow with the TalkingPEN to start

Start   Info   English   Language

Džiunglių sporto diena

Sports Day in the Jungle

Jill Newton

Lithuanian translation by Deimante Dambrauskiene

Artėjo džiunglių sporto diena, taigi kiekvienas gyvūnas treniravosi ir jai ruošėsi.

Na, *beveik* kiekvienas gyvūnas.

It was nearly time for the jungle games, and every animal was busy practising.

Well, *almost* every animal.

Tinginys lėtai spoksojo nuo savo šakos. Jis vos vos krutėjo.

Sloth slowly watched from his branch. He didn't move very much.

Pro šalį, šokinėdama nuo šakos ant šakos,
skubėjo Beždžionė.
 - Pažiūrėk į mane, Tinginy! Pabandyk mane
sugauti!

Monkey swung past.
"Look at me, Sloth! Try and catch me!"

Tinginys sekė Beždžionę akimis,
kol ji pradingo medžiuose…

ir atsiduso.

Sloth watched Monkey
disappear into the trees…

and sighed.

Jis stebėjo kaip strykčiojo lemūrai,
šuoliavo panteros
ir *žongliravo* orangutangai.

He watched lemurs leap,
panthers pounce
and orangutans do the *jungle juggle.*

Ir Tinginys lėtai…
 lėtai…
 lėtai užmerkė akis.

And Sloth slowly…
 slowly…
slowly closed his eyes.

- Tu negali manęs
sugauti, Tinginy!
- juokėsi Beždžionė.

"You can't catch me, Sloth!"
Monkey laughed.

Tinginys žiūrėjo kaip Beždžionė sukinėjasi ant šakų ir
pasisūpuodama skuba į komandų atranką…
ir atsiduso.

Sloth watched Monkey spin about on the
branches, swinging off to the team selections…
and sighed.

Šakalas nužvelgė visus, nes kiekvienas gyvūnas labai stengėsi. Pirmiausia jis pasirinko Beždžionę, nes Beždžionė *visada* laimėdavo.

Jackal looked on as every creature tried their best. She chose Monkey first as Monkey *always* won.

Niekas nepasirinko Tinginio.
Nes žaidynėse nebuvo
tingėjimo rungties.

Nobody chose Sloth.
There was no race for
hanging about.

Komandos labai įtemptai
treniravosi. Jie visi labai norėjo
laimėti džiunglių žaidynes.

The team
worked hard.
They all really
wanted to win
the jungle
games.

- Aš laimėsiu! - šaukė Beždžionė.
- Niekas negali manęs sugauti!
Visi gyvūnai stebėjo Beždžionę…ir atsiduso.

"I'm going to win!" called Monkey.
"No one can catch me!"
All the animals watched Monkey…and sighed.

Po ilgos, neramios nakties pagaliau patekėjo saulutė.
Neužilgo susirinko ir varžytis pasirengusios
komandos.

Džiunglės **alsavo** sportu.

After a long, restless night the sun
finally appeared. And along with it
came the competing teams.

The jungle was alive with sport.

Tinginys lėtai slinko šaka
norėdamas pamatyti tigrų
kūliavirsčius, tukanų tango,
dramblių trimitavimą ir varlių
šokavimą,
strykčiojimą

bei šuolį!

Slowly, Sloth moved branch to watch the tigers tumble, the toucans tango, the elephants humph and the frogs hop,

skip and jump!

Netrukus beliko tik viena rungtis.
- Tai bus lengva rungtis, - tarė varžytis pasirengusi Beždžionė.
- Aš esu greita kaip vėjas. Niekas, tikrai niekas negali manęs sugauti!

Soon there was only one race left.
"It'll be a breeze," said Monkey as he got ready.
"I'm as fast as the wind. No one, *I mean no one*, can catch me!"

Beždžionė lėkte lėkė nuo šakos ant šakelės, nuo šakelės ant vijoklio, skriedama vis greičiau ir greičiau.
Visi šūkčiojo iš džiaugsmo pamatę vis didesnį šuolį.

Monkey raced from bough to branch to vine, swinging faster and faster.
Everyone cheered as the gap got wider.

Beždžionė šoktelėjo ir įsikibo į
aukščiausią medžio šaką…

Monkey leapt and grabbed the
highest branch of the tree…

Tinginys lėtai…
lėtai…
lėtai atsistojo ant savo šakos.

Sloth slowly…
slowly…
slowly stood up on his branch.

Jis ištiesė savo ilgas rankas,
ir…
PLIŪKŠT!

He stretched his long arms,
then…

WHOOSH!

Visi džiūgavo, nes gelbėdamas Beždžionę
Tinginys *pagaliau* ją sugavo.

Everyone cheered as
Sloth *finally* caught
Monkey!

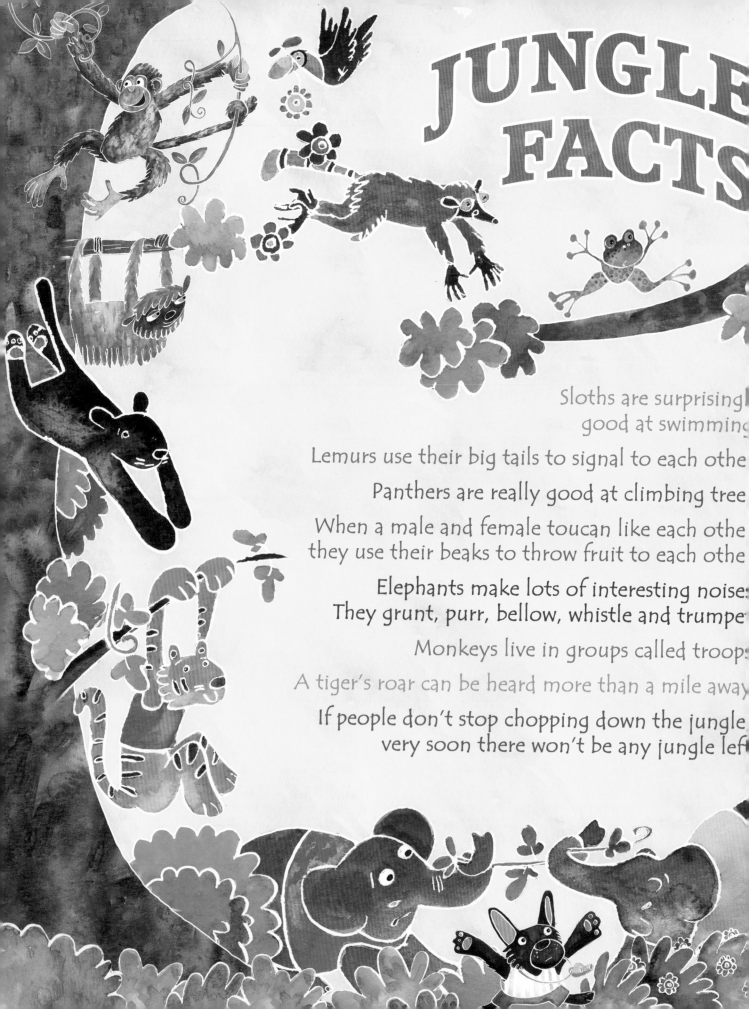

JUNGLE FACTS

Sloths are surprisingl[y] good at swimming

Lemurs use their big tails to signal to each othe[r]

Panthers are really good at climbing tree[s]

When a male and female toucan like each othe[r] they use their beaks to throw fruit to each othe[r]

Elephants make lots of interesting noise[s]. They grunt, purr, bellow, whistle and trumpe[t]

Monkeys live in groups called troop[s]

A tiger's roar can be heard more than a mile away

If people don't stop chopping down the jungle, very soon there won't be any jungle lef[t]